La Fiesta

Pilar **Ramos** / Montserrat **Tobella**

CÍRCULO de LECTORES

COMPARACIONES

PRIMERAS LECTURAS

La fiesta

Dirección editorial
Jesús Araújo

Ayudante de edición
Elena Marigó

Textos
Pilar Ramos Rodríguez de la Rubia

Ilustraciones
Montserrat Tobella

Diseño de la colección
Josep Guasch

Maquetación y compaginación
Estudi Guasch, S.L.

Círculo de Lectores, S.A.
(Sociedad Unipersonal)
Travessera de Gràcia, 47-49
08021 Barcelona
www.circulo.es
5006987654321

Licencia editorial para Círculo de Lectores
por cortesía de Parramón Ediciones, S.A.
Está prohibida la venta de este libro
a personas que no pertenezcan a Círculo.

Dirección de producción
Rafael Marfil

Producción
Manel Sánchez

ISBN: 84-672-1168-7
Depósito legal: NA-1.144-2005
Impreso en España
N.º 23689 B

La Fiesta

Me despiertan unos ruidos de la calle: ¡pam, pom!, muy distintos a los automóviles.

Luego oigo un silbidito
cada vez más y más fuerte.
—¡Uuuuy! ¡Ahora se oye al
lado de mi ventana!
¿Qué será?

Abro la cortina y... ¡Es Bruno, subido en una escalera tan alta como mi ventana!

—¡Buenos días, Miranda! -dice.

—¡Qué susto! -digo bostezando-. ¿Y qué haces aquí arriba?

—¿No te acuerdas, dormilona?
Mira, mira -me dice.
¡Oooh! ¡Está lleno de guirnaldas
de colores!

—¡Claro! ¡Están preparando la fiesta!
¡Es esta tarde! -digo al verlo-.
¡Yo también quiero ayudar!

En la puerta de casa, papá, Andrés y Julia están haciendo cometas...
—¡Qué bonitas! ¿Y yo qué hago? -pregunto.

—Puedes atar estos trocitos de cinta a la cola -contesta Julia.

—¿Ves? Así, igual que ésta -me muestra Andrés.

—Primero atas el azul más oscuro, luego uno oscuro, después otro claro y el más clarito de todos, el último -me ayuda papá.
Es un poco difícil...
¡pero qué bien quedan!

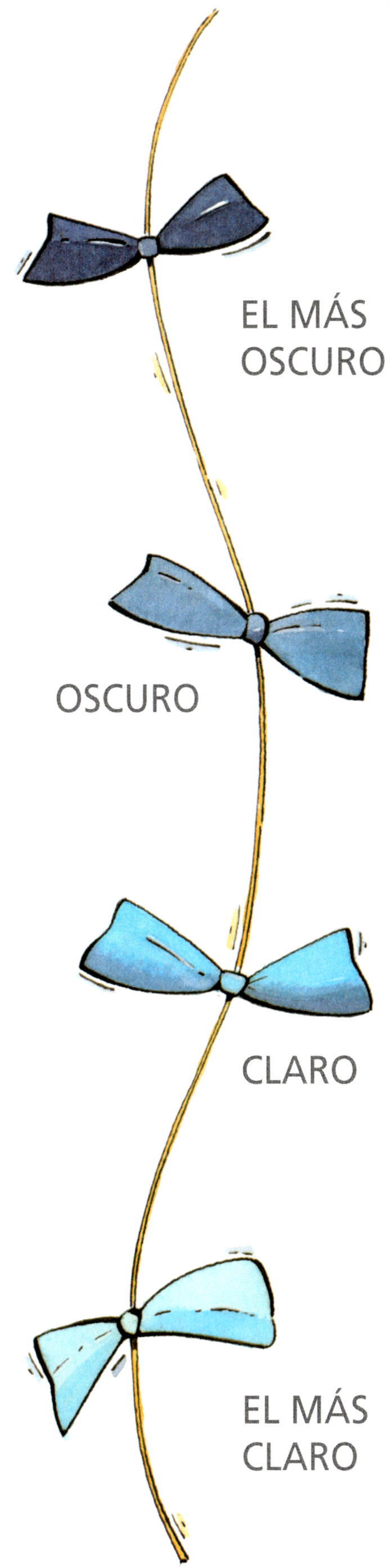

Por fin llega la tarde y comienza la fiesta. Hay muchos juegos, tantos que mis amigos y yo no sabemos por cuál empezar...
—¡Vamos allí, donde están aquellas botellas! -decide Fede.

—Hay que traer agua con estos vasitos desde aquellas botellas llenas de allí hasta éstas vacías de aquí -nos explica Bruno.

—¡Bah! ¡Qué fácil! -dice Jorge.

—Ya, ya, pero saltando con
un pie y en un minuto -añade.
Bruno da la señal y... ¡a saltar!
—¡Ay, ay! ¡No me quedará
ni una gota! -se ríe Carmen.

NADA DE AGUA

UN POCO DE AGUA

MUCHA AGUA

LLENO DE AGUA

Se acaba el tiempo.
—¡Fede, has ganado!
-le digo-. La botella
llena es la tuya.
—En la botella de
Miranda hay menos
agua que en la mía
-señala Jorge.
—¡En la tuya no hay
agua, Carmen!
-nos enseña Bruno.
—Es que me daba tanta
risa que se me caía...

En nuestra fiesta,
los juegos son para
pasarlo bien, no
importa ganar.
Los mayores
también participan
y se divierten tanto
como nosotros.
—¡Eh! ¡Allí hacen
pompas de jabón!
-señala Jorge.

—¡Oooh!
¡Algunas son
tan grandes
como mi cabeza!
-dice Carmen.
—Y las más
pequeñas se
quedan flotando
en el aire
-señalo.

Empieza a soplar
un poco de viento.
¿Hacemos volar
las cometas?
La de Julia llega
más alta que el tejado.
La de Andrés sube
menos que la de papá.
La mía vuela tan
alta como la de Julia.

MÁS ALTA QUE...

MENOS ALTA QUE...

TAN ALTA COMO...

—¿Cómo se juega aquí? -pregunto.
—Bailas alrededor de las sillas y, cuando para la música, corres a sentarte -explica el papá de Fede-. Hay más jugadores que sillas... y, si te quedas de pie, pierdes.

Después de unas cuantas vueltas, quedamos Jorge y yo. ¡Y sólo queda una silla!

¡He conseguido sentarme!
Soy más rápida que Jorge.
—¡Miranda campeona! -dicen
aplaudiéndome.

Esta noche los árboles, llenos de
farolillos, brillan más que las estrellas.
¡Nuestra fiesta no se acaba todavía!
Hoy me iré a dormir más tarde,
más cansada y más contenta que
los demás días.

Actividades

Antes de leer

¿Has mirado bien la cubierta? ¿Y el título del cuento? Ya ves que la niña y el niño están en una fiesta, pero si piensas un poco más, podrás contestar también estas preguntas:

¿Dónde crees que es la fiesta?
¿Quién la habrá preparado?

¿Qué están haciendo los niños?
¿Crees que harán otros juegos?

Fíjate en los globos, ¿son iguales?
¿Y las pompas de jabón?
¿Y los dos niños? ¿Son igual de altos?

Durante la lectura

Si ya has leído las primeras páginas, te habrás enterado de que la fiesta es en la calle y de que la preparan todos los vecinos.
En la página 14, empieza la fiesta y sí, sí...
¡hay muchos juegos!

Espera, antes de llegar a la página 18, intenta adivinar quién será el ganador:
¿Sabes por qué ha ganado?
¿Qué crees que harán los que no ganaron?
¿Con qué crees que jugarán ahora? (Recuerda el dibujo de la cubierta y tendrás una "pista".)

Al llegar a las páginas 24 y 25, vamos a pensar un poquito:
¿Has entendido bien "el juego de las sillas"?
Si hay 9 niños jugando, habrá 8 sillas ¿verdad?
Entonces, si son 7 jugadores, ¿cuántas sillas habrá?
¿Y cuando queden 4 niños?

Después de leer

Cuando termines el cuento sabrás muchas cosas de la fiesta de Miranda y sus vecinos. Casi tanto como si hubieses estado tú también, ya verás:

¿Por qué se despierta Miranda?

¿De qué se asusta?

¿Para qué se ha subido Bruno en la escalera?

¿Qué hacen los demás?

¿Cuál es la tarea de Miranda?

¿Por qué es un poco difícil lo que hace?

¿Quién ha preparado el juego de llenar las botellas?

¿Qué le ha pasado a Carmen?

¿Cómo comprueban quién ha ganado?

¿Recuerdas cómo son las pompas de jabón?

¿En qué momento hacen volar las cometas?
¿Sabes por qué?

¿Qué cometa es la que sube menos?

¿Por qué ha ganado Miranda en el juego de las sillas?

¿Por qué crees que Miranda estará más cansada y más contenta?

Y a ti, ¿qué juego es el que más te ha gustado?

Distinto, parecido o igual

Te habrás dado cuenta al leer la historia de que las cosas pueden ser **idénticas**, es decir, igualitas como las cometas.
O bastante **parecidas**, como las pompas de jabón.
O muy **diferentes**, como una silla y un niño.

Comparar

Bruno se ha subido a una escalera **tan alta** como la ventana... Ya sabes que eso quiere decir que la escalera y la ventana son igual de altas.
Busca en tu habitación o en tu casa cosas que sean igual de altas que tú.
¿Has encontrado algo **tan alto como** tú?
¿Y cosas **más altas que** tú?
¿Y **menos altas que** tú?
Seguro que has ido colocándote al lado de la mesa, de la butaca, o del sofá para comprobarlo, o sea para comparar tu altura con la de los objetos.
¿A que ya lo habías hecho antes con tus amigos para ver quién es el más alto?

Vamos a seguir comparando. Mira estos nombres de personajes del cuento y contesta:

M I R A N D A	Tiene	7	letras
J O R G E	Tiene	....	letras
C A R M E N	Tiene	....	letras
F E D E	Tiene	....	letras
B R U N O	Tiene	....	letras

El **más largo** es Miranda, porque tiene **7** letras.

El **más corto** es ...., porque tiene ...... letras.

Jorge tiene **tantas** letras **como** ....

Fede tiene **menos** letras **que** ....

Carmen tiene **más** letras **que** ....

Un poco menos, un poco más

Mira las páginas 12 y 13. Miranda va atando las cintas de las cometas según el tono de azul, cada vez un poco más claro...
En la página 18 los cuatro vasos están ordenados según la cantidad de agua: primero el que tiene menos, luego el vaso con un poquito de agua, después el que tiene un poco más, y por último el que tiene más agua de todos.

¿Quieres probar a hacerlo tú?
Ordena tus lápices de esta forma: busca el lápiz más corto y ponlo sobre la mesa. Coloca al lado uno un poquito más largo. Luego otro más largo, hasta que sólo te quede el más largo de todos.
¡Acabas de ordenar tus lápices según su longitud!

También puedes ordenar tus cuentos empezando por el más grueso hasta el más finito de todos, es decir, por el grosor.
O tus juguetes según tus preferencias, o sea, que te gusten más o menos.

Para pensar algo más

En la fiesta los mayores se divierten **tanto como** los niños.
Los farolillos brillan **más que** las estrellas.
La cometa de Andrés sube **menos que** la de papá.

Ahora tú serás el protagonista:
¿Cuántos años tienes?

Entonces puedes decir:
- Tengo **tantos** años **como**
  ....
- Tengo **más** años **que**
  ....
- Y **menos que**
  ....